ORLANDO NILHA

Carolina

1ª edição – Campinas, 2022

CAROLINA MARIA DE JESUS NASCEU EM 1914, NUMA CIDADEZINHA CHAMADA SACRAMENTO, NO INTERIOR DE MINAS GERAIS, E CRESCEU NAS FAZENDAS E CIDADEZINHAS DA REGIÃO.

DESDE PEQUENA, SUAS PAIXÕES ERAM LER E ESCREVER.

POR ISSO, OS LIVROS SE TORNARAM SEUS MELHORES AMIGOS.

AS OUTRAS CRIANÇAS ZOMBAVAM DE CAROLINA, MAS ELA NÃO ABANDONAVA OS LIVROS.

PASSAVA HORAS LENDO E SE DIVERTINDO NO MUNDO DA IMAGINAÇÃO SEM FIM.

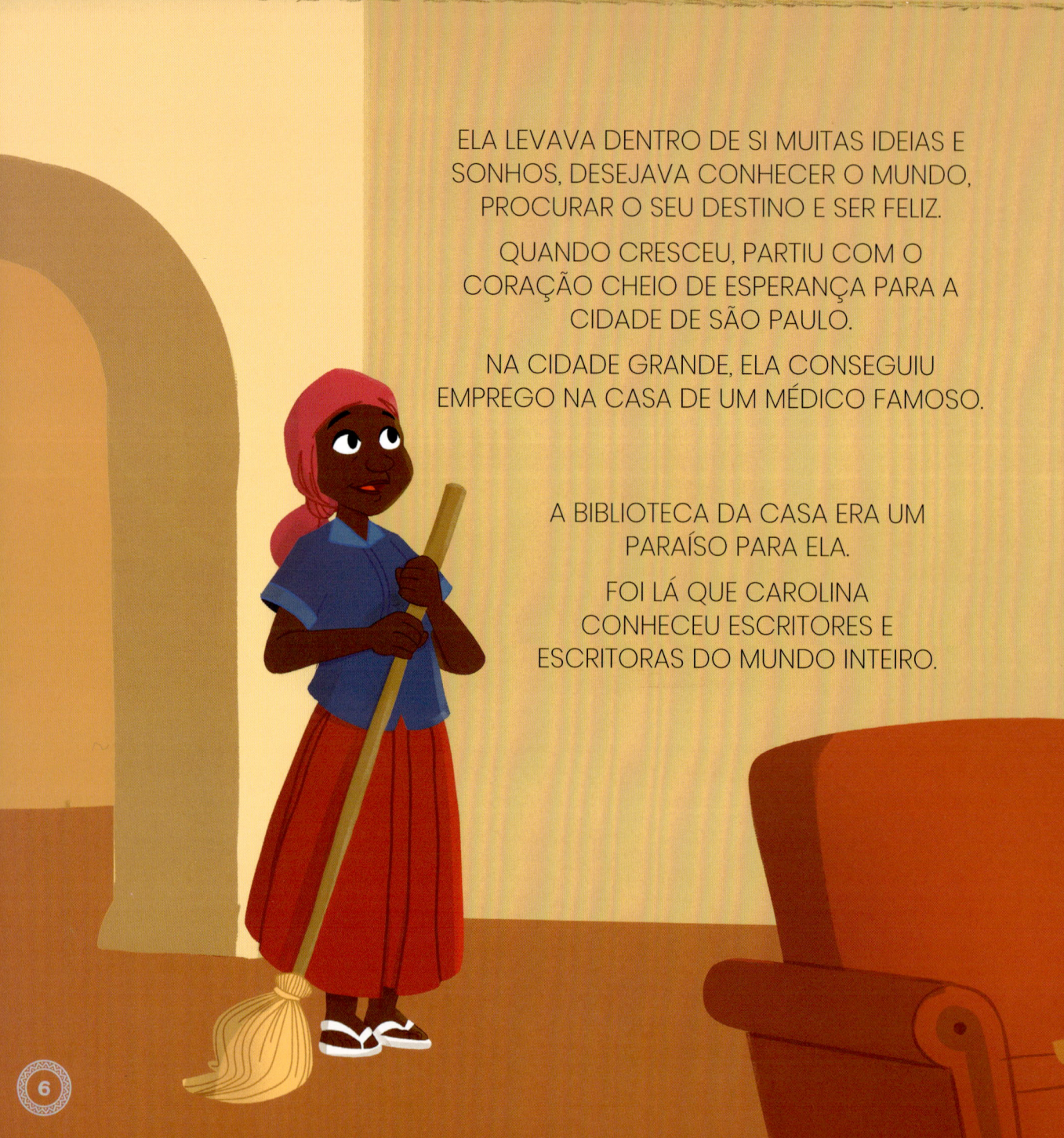

ELA LEVAVA DENTRO DE SI MUITAS IDEIAS E SONHOS, DESEJAVA CONHECER O MUNDO, PROCURAR O SEU DESTINO E SER FELIZ.

QUANDO CRESCEU, PARTIU COM O CORAÇÃO CHEIO DE ESPERANÇA PARA A CIDADE DE SÃO PAULO.

NA CIDADE GRANDE, ELA CONSEGUIU EMPREGO NA CASA DE UM MÉDICO FAMOSO.

A BIBLIOTECA DA CASA ERA UM PARAÍSO PARA ELA.

FOI LÁ QUE CAROLINA CONHECEU ESCRITORES E ESCRITORAS DO MUNDO INTEIRO.

ENTÃO OCORREU UMA GRANDE MUDANÇA: CAROLINA SE TORNOU MAMÃE!

POR NÃO CONSEGUIR EMPREGO, FOI MORAR NA FAVELA DO CANINDÉ, PERTO DO RIO TIETÊ.

APESAR DA POBREZA, ELA NÃO DEIXAVA DE SONHAR.

NO FIM DO DIA, OLHAVA PARA AS ESTRELAS E IMAGINAVA RECORTAR UM PEDAÇO DE CÉU PARA FAZER UM LINDO VESTIDO.

CAROLINA ANDAVA PELAS RUAS DA CIDADE JUNTANDO TODO TIPO DE PAPEL QUE ENCONTRAVA. DEPOIS TROCAVA OS PAPÉIS POR UM POUCO DE DINHEIRO, E O DINHEIRO POR UM POUCO DE COMIDA.

ELA SENTIA UM APERTO NO PEITO AO VER OS FILHOS DESCALÇOS SOBRE O CHÃO DE BARRO DA FAVELA E FAZIA DE TUDO PARA QUE ELES NÃO SENTISSEM FOME NEM FRIO.

MESMO LEVANDO UMA VIDA DIFÍCIL, EXISTIA DENTRO DE CAROLINA UMA VOZ QUE QUERIA SER OUVIDA.

ENTÃO ELA COMEÇOU A ESCREVER EM PAPÉIS QUE ENCONTRAVA NO LIXO.

ELA ESCREVIA COM SINCERIDADE SOBRE O DIA A DIA E PENSAMENTOS SOBRE A VIDA.

PARA CAROLINA, ESCREVER ERA UMA NECESSIDADE, ASSIM COMO RESPIRAR, COMER E MATAR A SEDE.

CERTO DIA, UM HOMEM CHAMADO AUDÁLIO DANTAS FOI ATÉ A FAVELA E CONHECEU CAROLINA.

ELE TRABALHAVA NUM JORNAL, E ELA LHE MOSTROU OS PAPÉIS EM QUE ESCREVIA.

O HOMEM FICOU DE QUEIXO CAÍDO COM A FORÇA E A BELEZA DAQUELAS PÁGINAS.

AUDÁLIO PUBLICOU NO JORNAL A HISTÓRIA DA MULHER QUE ESCREVIA EM PAPÉIS QUE ENCONTRAVA NO LIXO.

E CAROLINA SE TORNOU O ASSUNTO MAIS COMENTADO DA CIDADE!

OS TEXTOS ESCRITOS POR CAROLINA VIRARAM O LIVRO *QUARTO DE DESPEJO: DIÁRIO DE UMA FAVELADA*.

FOI UM SUCESSO! ELE FOI PUBLICADO EM VÁRIOS PAÍSES.

AS PESSOAS FAZIAM FILA PARA COMPRAR O LIVRO E CONHECER A ESCRITORA.

CAROLINA ESTAVA REALIZANDO UM SONHO: VER A SUA OBRA ALCANÇANDO O MUNDO!

ELA MUDOU DE CASA E PASSOU A AJUDAR OUTRAS PESSOAS. ESCREVEU MAIS LIVROS E CHEGOU ATÉ A GRAVAR ALGUMAS MÚSICAS.

FIZERAM FILMES, PEÇAS DE TEATRO E CANÇÕES SOBRE ELA.

CAROLINA MARIA DE JESUS SEMPRE ACREDITOU NO PODER DOS LIVROS E DA LEITURA.

ELA NUNCA DEIXOU DE CONFIAR QUE SUAS PALAVRAS VIVERIAM PARA SEMPRE.

EDITORA MOSTARDA
WWW.EDITORAMOSTARDA.COM.BR
INSTAGRAM: @EDITORAMOSTARDA

© A&A STUDIO DE CRIAÇÃO, 2022

DIREÇÃO:	PEDRO MEZETTE
COORDENAÇÃO:	ANDRESSA MALTESE
PRODUÇÃO:	A&A STUDIO DE CRIAÇÃO
TEXTO:	ORLANDO NILHA
REVISÃO:	ELISANDRA PEREIRA
	MARCELO MONTOZA
	NILCE BECHARA
DIAGRAMAÇÃO:	IONE SANTANA
ILUSTRAÇÃO:	LEONARDO MALAVAZZI
	HENRIQUE S. PEREIRA
	GABRIELLA DONATO

Dados Internacionais de Catalogação na Publicação (CIP)
(Câmara Brasileira do Livro, SP, Brasil)

Nilha, Orlando
  Carolina / Orlando Nilha. -- 1. ed. -- Campinas, SP : Editora Mostarda, 2022.

  "Edição especial"
  ISBN 978-65-88183-68-7

  1. Escritoras brasileiras - Biografia - Literatura infantojuvenil 2. Jesus, Carolina Maria de, 1914-1977 - Literatura infantojuvenil I. Título.

22-114469   CDD-028.5

Índices para catálogo sistemático:

1. Carolina Maria de Jesus : Biografia : Literatura infantojuvenil   028.5
2. Carolina Maria de Jesus : Biografia : Literatura juvenil   028.5

Cibele Maria Dias - Bibliotecária - CRB-8/9427